양광모 대표시 101

가슴 뭉클하게 살아야 한다

양광모

시인. 경희대 국문과 졸업. 보편적이고 근원적인 삶의 정서를 일상의 언어로 노래하고 있다. 푸르른 날엔 푸르게 살고 흐린 날엔 힘껏 살자고.

SBS, KBS, MBC, JTBC, YTN, CBS, TBS, TV조선, 한겨레, 경향신문, 중앙일보, 동아일보, 한국일보, 세계일보, 서울신문 및 다수의 언론방송에 시가 소개되었으며 양하영, 허만성, 안율, 이성하, 이연학 등 여러 가수들에 의해 시가 노래로 만들어졌다.

치유 시집 『눈물 흘려도 돼』 외에 필사 시집 『가슴에 강물처럼 흐르는 것들이 있다』, 사랑시 선집 『네가 보고 싶어 눈송이처럼 나는 울었다』 등 다수의 시집을 출간하였다.

azus39@naver.com

양광모 대표시 101

가슴 뭉클하게 살아야 한다

푸른길

시인의 말

고맙다. 분에 넘치는 사랑을 받으며
여기까지 왔다.

아무쪼록 이 시집에 실린 101편의 시가
살아가는 일로 고단하고
사랑하는 일로 마음 시린 당신에게
햇살이 되고 별빛이 되고
꽃이 되고 녹음이 되고
산들바람이 되길.

당신의 아름답고 갈망하고 애쓰는 영혼에
작은 안식이 되길.

목
차
—

내 살아 한 번은

II
제4집 '내 사랑은 가끔 목 놓아 운다'
제5집 '썰물도 없는 슬픔'
제6집 '내 안에 머무는 그대'

와온에 가거든

제7집 '가끔 흔들렸지만 늘 붉었다'
제8집 '그대가 돌아오는 저녁'
제9집 '바다가 쓴 시'

I

가슴 뭉클하게 살아야 한다

가슴 뭉클하게 살아야 한다

어제 걷던 거리를
오늘 다시 걷더라도
어제 만난 사람을
오늘 다시 만나더라도
어제 겪은 슬픔이
오늘 다시 찾아오더라도
가슴 뭉클하게 살아야 한다

식은 커피를 마시거나
딱딱하게 굳은 찬밥을 먹을 때
살아온 일이 초라하거나
살아갈 일이 쓸쓸하게 느껴질 때
진부한 사랑에 빠졌거나
그보다 더 진부한 이별이 찾아왔을 때
가슴 더욱 뭉클하게 살아야 한다

아침에 눈 떠
밤에 눈 감을 때까지
바람에 꽃 피어
바람에 낙엽 질 때까지
마지막 눈발 흩날릴 때까지
마지막 숨결 멈출 때까지
살아 있어 살아 있을 때까지
가슴 뭉클하게 살아야 한다

살아 있다면
가슴 뭉클하게
살아 있다면
가슴 터지게 살아야 한다

사람이 그리워야 사람이다

기온이 영하로 떨어지니
따뜻한 것이 그립다

따뜻한 커피 따뜻한 창가
따뜻한 국물 따뜻한 사람이 그립다

내가 이 세상에 태어나 조금이라도
잘하는 것이 있다면 그리워하는 일일게다

어려서는 어른이 그립고
나이 드니 젊은 날이 그립다

여름이면 흰 눈이 그립고
겨울이면 푸른 바다가 그립다

헤어지면 만나고 싶어 그립고
만나면 혼자 있고 싶어 그립다

돈도 그립고 사랑도 그립고
어머니도 그립고 아들도 그립고
네가 그립고 또 내가 그립다

살아오면서 많은 사람을
만나고 헤어졌다

어떤 사람은 따뜻했고
어떤 사람은 차가웠다

어떤 사람은 만나기 싫었고
어떤 사람은 헤어지기 싫었다

어떤 사람은 그리웠고
어떤 사람은 생각하기도 싫었다

누군가에게 그리운 사람이 되자
사람이 그리워야 사람이다
사람이 그리워해야 사람이다

가슴에 강물처럼 흐르는 것들이 있다

세월 흐른 뒤에야
가슴에 꽃으로 피어나는 것들이 있다

세월 흐른 뒤에야
가슴에 촛불을 밝히는 것들이 있다

때로는
안개로 밀려오고

때로는
낙엽으로 떨어지고

때로눈
눈처럼 쌓이면서

세월 흐른 뒤에야
가슴에 강물처럼 흐르는 것들이 있다

비 오는 날의 기도

비에 젖는 것을
두려워하지 않게 하소서

때로는 비를 맞으며
혼자 걸어가야 하는 것이
인생이라는 사실을 기억하게 하소서

사랑과 용서는
폭우처럼 쏟아지게 하시고
미움과 분노는
소나기처럼 지나가게 하소서

천둥과 번개 소리가 아니라
영혼과 양심의 소리에 떨게 하시고
메마르고 가문 곳에도 주저 없이 내려
그 땅에 꽃과 열매를 풍요로이 맺게 하소서

언제나 생명을 피워 내는
봄비처럼 살게 하시고
누구에게나 기쁨을 가져다주는
단비 같은 사람이 되게 하소서

그리하여 나 이 세상 떠나는 날
하늘 높이 무지개로 다시 태어나게 하소서

12월 31일의 기도

이미 지나간 일에 연연해 하지 않게 하소서
누군가로부터 받은 따뜻한 사랑과
기쁨을 안겨 주었던 크고 작은 일들과
오직 웃음으로 가득했던 시간들만 기억하게 하소서

앞으로 다가올 일을 걱정하지 말게 하소서
두려움이 아니라 가슴 벅찬 희망으로
불안함이 아니라 가슴 뛰는 설렘으로
오직 꿈과 용기를 갖고 새로운 한 해를 뜨겁게 맞이하게 하소서

조금 더 지혜로운 사람으로 살게 하소서
바쁠수록 조금 더 여유를 즐기고
부족할수록 조금 더 가진 것을 베풀고
어려울수록 조금 더 지금까지 이룬 것을 감사하게 하소서

그리하여 삶의 이정표가 되게 하소서
지금까지 있어 왔던 또 하나의 새해가 아니라
남은 생에 새로운 빛을 던져 줄 찬란한 등대가 되게 하소서

먼 훗날 자신이 걸어온 길을 뒤돌아볼 때
"그 때 내 삶이 바뀌었노라" 말하게 하소서
내일은 오늘과 같지 않으리니
새해는 인생에서 가장 눈부신 한 해가 되게 하소서

우산

삶이란
우산을 펼쳤다 접었다 하는 일이요
죽음이란
우산이 더 이상 펼쳐지지 않는 일이다

성공이란
우산을 많이 소유하는 일이요
행복이란
우산을 많이 빌려주는 일이고
불행이란
아무도 우산을 빌려주지 않는 일이다

꿈이란
우산천과 같고
계획은
우산살과 같고
자신감은
우산손잡이와 같다

용기란

천둥과 번개가 치는 벌판을 홀로 지나가는 일이요

포기란

비에 젖는 것이 두려워 집안에 머무는 일이다

행운이란

소나기가 쏟아지는데 서랍 속에서 우산을 발견하는 것이요

불운이란

우산을 펼치기도 전에 비가 쏟아지는 것이다

희망이란

거리에 나설 때쯤이면 비가 그칠 것이라고 믿는 것이요

절망이란

폭우가 쏟아지는데 우산에 구멍이 나 있다는 사실을 발견하는

것이다

도전이란
2인용 우산을 만드는 일이요
역경이란
바람에 우산이 젖혀지는 일이고
지혜란
바람을 등지지 않고 우산을 펼치는 일이다

사랑이란
한쪽 어깨가 젖는데도 하나의 우산을 둘이 함께 쓰는 것이요
이별이란
하나의 우산 속에서 빠져나와 각자의 우산을 펼치는 일이다

쓸쓸함이란
내가 우산을 씌워 줄 사람이 없는 것이요
외로움이란
나에게 우산을 씌워 줄 사람이 없는 것이고
고독이란
비가 오는데 우산이 없는 것이다

그리움이란
비가 오라고 기우제를 지내는 일이요
망각이란
비에 젖은 우산을 햇볕에 말려 창고에 보관하는 일이다

실수란
우산을 잃어버리는 일이요
잘못이란
우산을 잊어버리는 일이다

분노는
자동 우산과 같고
인내란
수동 우산과 같다

지식은
3단 우산과 같고
지혜는
2단 우산과 같으며
겸손은
장우산과 같다

부모란
아이의 우산이요
자녀는
부모의 양산이다

연인이란
비 오는 날 우산 속 얼굴이 가장 아름다운 사람이요
부부란
비 오는 날 정류장에서 우산을 들고 기다리는 모습이 가장 아름다운
사람이다

여행을 위해서는
새로 산 우산이 필요하고
추억을 위해서는
오래된 우산이 필요하다

비를 맞으며 혼자 걸어갈 줄 알면
인생의 멋을 아는 사람이요
비를 맞으며 혼자 걸어가는 사람에게 우산을 내밀 줄 알면
인생의 의미를 아는 사람이다

세상을 아름답게 만드는 건 비요
사람을 아름답게 만드는 건 우산이다
한 사람이 또 한 사람의 우산이 되어줄 때
한 사람은 또 한 사람의 마른 가슴에 단비가 된다

무료

따뜻한 햇볕 무료
시원한 바람 무료

아침 일출 무료
저녁 노을 무료

붉은 장미 무료
흰 눈 무료

어머니 사랑 무료
아이들 웃음 무료

무얼 더 바래
욕심 없는 삶 무료

인생 예찬

살아 있어 좋구나
오늘도 가슴이 뛴다

가난이야 오랜 벗이요
슬픔이야 한때의 손님이라

푸르른 날엔 푸르게 살고
흐린 날엔 힘껏 산다

멈추지 마라

비가 와도
가야할 곳이 있는
새는 하늘을 날고

눈이 쌓여도
가야할 곳이 있는
사슴은 산을 오른다

길이 멀어도
가야할 곳이 있는
달팽이는 걸음을 멈추지 않고

길이 막혀도
가야할 곳이 있는
연어는 물결을 거슬러 오른다

인생이란 작은 배
그대 가야할 곳이 있다면
태풍 불어도 거친 바다로 나아가라

희망

한 줌 한 줌
빛을 퍼뜨리며

조금씩 천천히
절망을 헤쳐 내는 것이다

밤을 이기는 것은
낮이 아니라 새벽이요

어둠을 이겨내는 것은
한낮의 태양이 아니라 새벽 여명이다

눈물 흘려도 돼

비 좀 맞으면 어때
햇볕에 옷 말리면 되지

길 가다 넘어지면 좀 어때
다시 일어나 걸어가면 되지

사랑했던 사람 떠나면 좀 어때
가슴 좀 아프면 되지

살아가는 일이 슬프면 좀 어때
눈물 좀 흘리면 되지

눈물 좀 흘리면 어때
어차피 울며 태어났잖아

기쁠 때는 좀 활짝 웃어
슬플 때는 좀 실컷 울어

누가 뭐라 하면 좀 어때
누가 뭐라 해도 내 인생이잖아

아직은 살아가야 할 이유가 더 많다

아직은 살아가야 할 이유가 더 많다
아직은 포기할 수 없는 꿈이
아직은 가슴 뛰는 아침이
아직은 노래 부르고 싶은 밤이
아직은 사랑해야 할 사람이 더 많다

살아 있다는 것은
살아가야 할 이유가 있는 것
살아간다는 것은
살아가야 할 이유를 완성하는 것

아직은 떠나야 할 여행이
아직은 잊고 싶지 않은 추억이
아직은 다시 만나고 싶은 사람이
아직은 미워할 수 없는 것들이 더 많다*

*정진규, 「고향에 가서」, 『몸詩: 세계사시인선』, 세계사

심장이 두근거린다면 살아 있는 것이다

눈물이 '핑' 돈다면
살아 있는 것이다
코끝이 '찡' 하다면
살아 있는 것이다
가슴이 '뻥' 뚫린 것 같다면
살아 있는 것이다

어깨를 '활짝' 펼 수 있다면
살아갈 수 있는 것이다
주먹을 '불끈' 쥘 수 있다면
살아갈 수 있는 것이다
두 발을 '성큼' 내딛을 수 있다면
살아갈 수 있는 것이다

보아라!
슬픔을 이겨 내기 위해서도
두 배의 낱말이 필요하지 않느냐
삶의 희망 또한 두 배의 절망쯤은
거뜬히 이겨 내어야 진흙 속에서도
연꽃처럼 피어나느니

심장이 '두근'거린다면
살아 있는 것이다
심장이 '두근두근' 거려야
한세상 뜨겁게 살아갈 수 있는 것이다

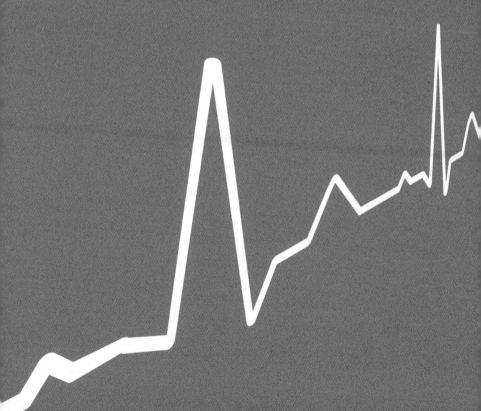

술잔 마주 놓고

살아가는 일이
시린 날이면

소주잔 두 개
마주 놓고

밤새 너와
가슴 뜨거운 이야기
나눠 보고 싶다

生이여

아버지, 깊고 푸른 바다

가슴속에 겨울 바다 서너 개쯤 들이앉은 사람
한때는 해류 되어 세상을 떠돌던 사람
새벽마다 만선의 꿈을 안고 집을 나서던 사람
저녁노을이 져도 쉬이 돌아오지 못하던 사람
눈이 오나 비가 오나 일출을 띄어 올리던 사람
하루에도 수십 차례 밀물과 썰물이 드나들었을 사람
때로는 등 돌리고 누워 갈매기처럼 끼룩끼룩 울었을 사람
명태, 전복, 조기, 오징어, 망둥이 다 품고 살아온 사람
자신은 포말로 부서지며 물거품처럼 살아온 사람
지금은 개펄 위에 홀로 남겨진 폐선 같은 사람
늘 그의 백사장을 거닐었지만
한 번도 '사랑합니다'라는 글자를 남겨 놓지 못한 사람

아버지
당신의 깊고 푸른 바다에
오늘도 그리움의 먼동이 밝아 옵니다

나는 배웠다

나는 몰랐다

인생이라는 나무에는
슬픔도 한 송이 꽃이라는 것을

자유를 얻기 위해 필요한 것은
펄럭이는 날개가 아니라 펄떡이는 심장이라는 것을

진정한 비상이란
대지가 아니라 나를 벗어나는 일이라는 것을

인생에는 창공을 날아오르는 모험보다
절벽을 뛰어내려야 하는 모험이 더 많다는 것을

절망이란 불청객과 같지만
희망이란 초대를 받아야만 찾아오는 손님과 같다는 것을

12월에는 봄을 기다리지 말고
힘껏 겨울을 이겨 내려 애써야 한다는 것을

친구란 어려움에 처했을 때 나를 도와줄 수 있는 사람이 아니라
어려움에 처했을 때 내가 도와줘야만 하는 사람이라는 것을

누군가를 사랑해도 되는지 알고 싶다면
그와 함께 밤하늘의 별을 바라보면 된다는 것을

어떤 사랑은 이별로 끝나지만
어떤 사랑은 이별 후에야 비로소 시작된다는 것을

시간은 멈출 수 없지만
시계는 잠시 꺼둘 수 있다는 것을

성공이란 종이비행기와 같아
접는 시간보다 날아다니는 시간이 더 짧다는 것을

행복과 불행 사이의 거리는
한 뼘에 불과하다는 것을

삶은
동사가 아니라 감탄사로 살아야 한다는 것을

나는 알았다

인생이란 결국
배움이라는 것을

인생이란 결국
자신의 삶을 뜨겁게 사랑하는 법을 깨우치는 일이라는 것을

인생을 통해
나는 내 삶을 사랑하는 법을 배웠다

꽃을 모아 시를 쓰네

나는 예쁜 꽃들을 모아
시를 쓰네

장미는 주어
백합은 목적어
목련은 형용사
철쭉은 부사
국화는 동사
코스모스는 토씨

그러면 그 시는
꽃시가 되어
사랑하는 사람들의
언약을 위해 바쳐지려니

그 시를 건네는 사람의 손에
향기를 남기고
그 시를 받는 사람의 가슴에
꽃잎을 남기고
그 시를 주고받는 사람의 생에
잊지 못할 추억으로 남으리

당신은 이것을 시적 비유라
생각할 테지만
나는 이것을 인생에 대한 지침이라
말하고 싶네

꽃을 모아
시를 쓰듯이
맑은 마음을 모아
고운 삶을 살아야 한다고

우체국으로 가는 길

우체국으로 가는 길은 아름답지
봄이면 꽃잎을 담아
여름이면 나뭇잎을 담아
가을이면 낙엽을 담아
겨울이면 눈송이를 담아
사람들은 우체국으로 가네

아침이면 햇볕을 담아
저녁이면 노을을 담아
밤이면 별빛을 담아
사람들은 우체국으로 가네

우체국으로 가는 길은 아름답지
그곳에는 사랑으로 눈빛이 초롱초롱해진 사람들과
사랑으로 애수에 가득 찬 사람들이 모여
이슬보다 영롱하고 보석보다 빛나는 시를 쓰네

그러면 그 시는 세상으로 나와

봄이면 꽃이 되고

여름이면 녹음이 되고

가을이면 단풍이 되고

겨울이면 첫눈이 되네

그러면 그 시는 그리운 사람에게로 찾아가

아침이면 그의 해가 되고

저녁이면 그의 석양이 되고

밤이면 그의 별이 되네

우체국으로 가는 길은 아름답지

그 길은 내가 너에게로 가는 길

네가 나에게로 오는 길

사람이 사람에게로 나아가는 길이라네

그대여 한 번쯤 시인이 되어 살고 싶거들랑

우체국으로 가는 길 행여 잊어버리질랑 마시게나

시 권하는 사회

아침이면
절대로 '시' 거르지 말거라

점심이면
오늘 '시'는 뭐로 할까요?

저녁이면
딱 '시' 한잔만 하고 가시죠

밤이면
시장한데 '시'나 시킬까?

새벽마다 시인의 꿈속에선
'시 권하는 사회'의 여명이 밝아 오나니

여보시오
우리 언제 만나 '시'나 한 끼 같이 합시다

시는 사랑이라네

시를 쓰는 사람은
시인이지만

시를 읽는 사람은
철학자라네

먹고사는 일
아무리 바쁘다 한들

시 한 편 읽지 않는 삶
얼마나 아름다울까

시를 외우지 못하는 건
부끄러운 일 아니나

시를 적어 보낼 사람
단 한 명도 없다면

지금 그에게
필요한 건

돈이 아니라
사랑이라네

한 번은 詩처럼 살아야 한다

누구라도
한때는 시인이었나니
오늘 살아가는 일 아득하여도
그대 꽃의 노래 다시 부르라

누구라도
일평생 시인으로 살 순 없지만
한 번은 詩처럼 살아야 한다
한 번은 詩인 양 살아야 한다

그대 불의 노래 다시 부르라
그대 얼음의 노래 다시 부르라

가장 넓은 길

살다 보면
길이 보이지 않을 때가 있다
원망하지 말고 기다려라
눈에 덮였다고
길이 없어진 것이 아니요
어둠에 묻혔다고
길이 사라진 것도 아니다
묵묵히 빗자루를 들고
눈을 치우다 보면
새벽과 함께
길이 나타날 것이다
가장 넓은 길은
언제나 내 마음속에 있다

하루쯤

1년에 하루쯤은
아침부터 저녁까지
그저 웃기만 해도 좋을 일이다

1년에 하루쯤은
만나는 사람들에게
그저 따뜻한 말만 건네도 좋을 일이다

그래도 364일
마음껏 아파하며 슬퍼할 수 있고
마음껏 투덜거리며 화낼 수 있으니

1년에 하루쯤은
상처와 눈물 모두 잊어버리고
그저 감사만으로 살아도 좋을 일이다

언제나 그 하루를
내일이나 모레가 아닌 오늘로 만들며
365일 중 하루쯤, 하며 살아도 좋을 일이다

가장 위대한 시간

꽃은 언제 피어나는가
태양은 언제 떠오르는가
바람은 언제 불어오는가

다시!

사랑은 언제 찾아오는가
희망은 언제 솟아나는가
용기는 언제 생겨나는가

또 다시!

살아 있는 한 첫날이다

살아 있는 한 첫날이다
사랑하는 한 첫사랑이요
기다리는 한 첫눈이다

어제는 흘러간 강물
내일은 미지의 대륙
오직 오늘만 내 손안에 있나니

살아 있는 한 마지막 날이다
사랑하는 한 마지막 사랑이요
기다리는 한 마지막 눈이다

누군가 물어볼지도 모릅니다

생의 마지막 날에
누군가 물어볼지도 모릅니다
몇 사람이나 뜨겁게 사랑하였느냐
몇 사람이나 눈물로 용서하였느냐
몇 사람이나 미소로 용기를 주었느냐

생의 마지막 날에
누군가에게 대답해야 할지도 모릅니다
시간을 낭비하지 않았습니다
사람을 가장 먼저 생각했습니다
세상을 아름답게 만들려 노력했습니다

생의 마지막 날에
아무도 묻지 않을지 모릅니다
그렇더라도 오직 한 사람
당신 자신에게는 대답해야만 할 것입니다
나는 한 번뿐인 삶을
정녕 온 힘을 다해 힘껏 살았노라고

눈 내리는 날의 기도

이 세상 살아가는 동안 누구에게나
첫눈처럼 기다려지는 사람이 되게 하소서

한 송이 한 송이씩 떨어지지만
이내 뭉쳐 하나가 되는 사람

세상의 모든 상처와 잘못을
깨끗함으로 덮어 주는 사람

겨울의 깊고 어두운 밤마저
하얗게 빛으로 밝혀 주는 사람

눈사람처럼 홀로 서 있어도
묵묵히 겨울바람을 이겨 내는 사람

아이에게는 기쁨을 연인에게는 사랑을
어른에게는 추억과 행복을 가져다주는 사람

누군가 자신을 밟고 지나갈 때조차
뽀드득 뽀드득 맑은 소리를 내는 사람

이 세상 떠나는 날 누구에게나
첫눈보다 아름다운 기억으로 남게 하소서

그대 가슴에 별이 있는가

그는 가슴에 별이 없는
사람이다

그는 가슴에 별이 없어
슬픈 사람이다

우연히 바라본 밤하늘에
별똥별 떨어질 때

두 손 가지런히
모아지지 않는다면

그는 밤하늘에 홀로 떠 있는
별과 같은 사람이다

그는 밤하늘을 홀로 떨어지고 있는
별똥별 같은 사람이다

가을이 와도 밤하늘을
바라보지 않는 사람아

그대 가슴에 별이 있는가

가을

이제 그만하면 됐단다
너는 용서의 계절

산은 단풍을
용서하고

나무는 낙엽을
용서하고

낙엽은 바람을
용서하네

나는 떠나가는 너를
용서하리

나는 떠나보내야 하는
나를 용서하리

가을이 오면
나는 내 가난한 삶을
10월 닮은 눈물로 용서하리

가을날의 묵상

뉘우침으로
얼굴 붉어진 단풍잎처럼

뉘우침으로
목까지 빨개진 저녁노을처럼

가을은 조금
부끄럽게 살 일이다

지나간 봄날은
꽃보다 아름다웠고

지나간 여름날은
태양보다 더 뜨거웠으리

그럼에도 뉘우칠
허물 하나 없이 살아온 삶이란
또 얼마나 부끄러운 죄인가

믿으며, 가을은
허물 한 잎 한 잎 모두 벗어 버리고
기쁜 듯 부끄럽게 살 일이다

이윽고 다가올 순백의 계절
알몸으로도 거리낌 없이
부끄러운 듯 기쁘게 맞을 일이다

겨울나기

나무는 무슨 까닭으로
그나마 홑겹옷 모두 벗어던지고
매서운 겨울 헐벗이 나려 하는지

어떻게도 이해할 수 없는
나는 해마다 11월이면
부끄럽거나 부럽기로 결심을 한다

나무야
이길 수 없는 것으로
이겨 내야만 하는 운명 같은 것이 있느냐

겨울 나목

알몸으로도
겨울 이겨 내는
네 삶 눈부셔라

한 백 년쯤이야
하늘 높이 쭉쭉
가지 뻗으며 살아야 한다고

헐벗은 가슴으로도
둥지 한두 개쯤
따뜻이 품으며 살아야 한다고

눈 내리면 눈꽃 피우며
봄이 아니라 겨울을
열렬히 살아야 한다고

너는 아무런 말없이도
알몸으로 눈시울 뜨겁게 만든다

II 내 살아 한 번은

운명 같은 사랑 그리운 날엔

운명 같은 사랑 그리운 날엔
뿌리마저 뽑아 들고 동쪽바다 성끝마을
슬도(瑟島)로 가자

눈기둥처럼 흰 등대
우뚝 서 있고
흐린 날이면 비가
맑은 날이면 파도가
슬픈 사랑의 노래, 365일 비파(琵琶)로
연주하는 곳

이따금 섬 뒤편으로 날아드는
갈매기 두 마리
우산 속에 몸 가리고 날개 부비면
등대의 심장에도 붉은 피 돌아
먼바다 돌고래 떼 가슴께까지 불러들이는 곳

결국에야 갈매기 떠나고 나면
또 한 사연 현무암 바위에
작은 구멍 되어 새겨지고

바람 부는 날이면
수 만개의 구멍
일제히 잔울음 터뜨리는 곳

운명 같은 사랑 그리운 날엔
슬도 바위에 앉아
흰 새 되어 기다려 보라

가을 아침처럼 다가와
꺼지지 않는 불빛 가슴속
등대에 밝혀 놓는 사람 있으니
그대 다시는 돌아오지 못하리

애평선愛平線

땅과 하늘이 만나
지평선을 만들고

물과 하늘이 만나
수평선을 만들고

나의 그리움과 너의 그리움이 만나
애평선을 만든다

흐린 날
더 멀리 보인다

내가 사랑하는 여자

가을 공원에 앉아
단풍을 스카프처럼 배경으로 두른 채
해질 무렵까지 시를 읽는 여자

그 손끝에서
시가 묻어나는 여자
그 시가 가슴에 낙엽으로 떨어져
밤새 바스락거리는 여자
그런 날 새벽이면
스스로 시가 되어 모로 눕는 여자
매일 아침
시인으로 다시 태어나는 여자

딱 한 번만 그 여자의 시가 되어
함께 바스락거리며 살아 보았으면

가을은 단 하나의 언어로 말하네

가을은
단 하나의
언어로 말하네

사랑하라 사랑하라 사랑하라

하늘과 바람 낙엽과 단풍
오직 단 하나의
언어로만 속삭이니

사랑하라 사랑하라 사랑하라

여름을 지나
겨울로 가는 이여
가을이 오면
우리가 사랑을 하자

가을이 와도
사랑에 빠질 수 없다면
우리의 가을은 가을도 아닌 것
우리의 사랑은 사랑도 아닌 것
우리의 삶은 삶도 아닌 것이다

이제 곧 눈 덮인
겨울밤 찾아오려니
우리 함께 불가에 앉아
오직 단 하나의
언어로만 이야기하자

사랑하였노라 사랑하였노라 사랑하였노라

가을 편지

9월과 11월 사이에
당신이 있네

시리도록 푸른 하늘을
천진한 웃음 지으며 종일토록 거니는
흰 구름 속에

아직은 녹색이 창창한 나뭇잎 사이
저 홀로 먼저 얼굴 붉어진
단풍잎 속에

이윽고 인적 끊긴 공원 벤치 위
맑은 눈물처럼 떨어져 내리는
마른 낙엽 속에

잘 찾아오시라 새벽 창가에 밝혀 놓은
작은 촛불의 파르르 떨리는
불꽃 그림자 속에

아침이면 어느 순간에나 문득 찾아와
터질 듯 가슴 한껏 부풀려 놓으며
사르랑 사르랑 거리는 바람의 속삭임 속에

9월과 11월 사이에
언제나 가을 같은 당신이 있네
언제나 당신 같은 가을이 있네

신이시여
이 여인의 숨결 멈출 때까지
나 10월에 살게 하소서

겨울 편지

부탁이 있다
첫눈처럼 찾아와 다오
그리움으로 몇 번이고 하늘 바라볼 때
문득 내 가슴에 살포시 내려앉아 다오

부탁이 있다
첫눈처럼은 오지 말아 다오
닿자마자 흔적도 없이 사라져
찾아온 듯 아닌 듯 애태우지는 말아 다오

부탁이 있다
첫눈처럼도 아닌 척 찾아와 다오
내 한 번도 본 적 없는 큰 눈으로
무섭게 무섭게 폭설로 쏟아져 다오

부탁이 있다
첫눈처럼이 아니라도 찾아와 다오
봄날에야 내리는 마지막 눈처럼이라도
한 번은 약속이었다는 듯이 내 가슴에 다녀가 다오

물의 노래

한 번은 가장 높은 곳으로
오르고 싶었을 게다
밤마다 울음 터뜨리던 계곡물
직선으로 쏜살같이 내달리던 강물
마침내 다다른 세상의 가장 낮은 곳에서
상심의 푸른 얼굴로 누워 있는 바다를 보라

한 번은 모든 것을 버려야 함을 알았을 게다
햇볕 뜨겁던 어느 날
스스로를 불태워
가장 높은 곳으로 올라갔나니

사람아
세상에서 가장 높은 곳으로 향하는 이여
세상에서 가장 낮은 곳으로 내려가
그대의 눈물마저 활활 불태워라

내 살아 한 번은

내 살아 한 번은 높은 산 큰 바위처럼
그 바위에 떨어지는 여름날 힘찬 빗방울처럼

내 살아 한 번은 깊은 계곡 맑은 물처럼
그 물 위를 흘러가는 가을날 붉은 단풍잎처럼

내 살아 한 번은 천 년을 산 느티나무처럼
그 가지에 내려앉는 겨울날 어린 눈송이처럼

내 살아 한 번은 사랑하는 당신처럼
그 얼굴에 번지는 봄날 꽃 같은 미소처럼

내 살아 한 번은 푸르고 푸른 하늘처럼
그 하늘을 떠가는 희고 흰 구름처럼

2월 예찬

이틀이나 사흘쯤 더 주어진다면
행복한 인생을 살아갈 수 있겠니

2월은 시치미 뚝 떼고
빙긋이 웃으며 말하네

겨울이 끝나야 봄이 찾아오는 것이 아니라
봄이 시작되어야 겨울이 물러가는 거란다

4월이 오면

365일 언제나
어머니에게는 만우절이었다

−나는 배부르단다 어서 많이 먹어라

세상에서 가장 아름다운 거짓말
4월에는 한 마디쯤 하며 살아야겠네

−어머니, 꽃잎만 먹으며 한세상 곱게 살겠습니다

봄

다시 돌아온
첫사랑 같은 계절
그림자도 따뜻해져
기지개를 펴고 일어나 앉는다
자, 다시 새로운 눈으로
세상을 밝고 맑게 바라보자

꽃

작은 일로 가시가 돋을 때
이 사람은 전생에 무슨 꽃이었을까
마음속으로 빙긋이 생각해 봅니다

나는 또 어떤 꽃이었을까요

별

나를 바라보며
소원을 빌지는 마

어둠 속에서도
스스로 빛나는 사람이 되어야 해

꽃도 동굴 속에 갇혀 있다
혼자 피어나는 거란다

참 좋은 인생

참 좋은 세상에서
참 좋은 사람들과
참 좋은 생각하며
참 좋은 하루를 삽니다

조금은 부족한 내가

참 좋은 인생을 삽니다

마음꽃

꽃다운 얼굴은
한철에 불과하나

꽃다운 마음은
일생을 지지 않네

장미꽃 백 송이는
일주일이면 시들지만

마음꽃 한 송이는
백 년의 향기를 내뿜네

작은 위로

아무도 울지 않는 밤은 없다*
오늘 그대가 운다면
그것은 그대의 차례

한 번도 눈물 흘러내린 적 없는 뺨은 없고
한 번도 한숨 내쉬어 본 적 없는 입은 없고
한 번도 고개 떨궈 본 적 없는 머리는 없다

오늘 그대가 잠들지 못한다면
그것은 그대의 차례
모두가 잠든 밤은 없다

*이면우, 「아무도 울지 않는 밤은 없다」, 『아무도 울지 않는 밤은 없다』, 창비

III

와온에 가거든

와온에 가거든

노을 몇 점 주우러 가는 도로에
촘촘한 간격으로 설치된
수십 개의 과속방지턱을 넘으며
상처란 신이 만들어 놓은
생의 과속방지턱인지도 모른다 생각해 보았다
서두르지 말고 천천히 가야 한다는

느릿느릿 도착한 와온 바다
엄지손톱만 한 해가 수십만 평의
검은 갯벌을 붉게 물들이며
섬 너머로 엉금엉금 지는 모습을 보자면
일생을 갯벌 게구멍 속에서 지내도
생은 좋은 일만 같았다

그대여 와온에 가거든
갯벌 게구멍 속에 느릿느릿 들어앉았다 오라
밀물이 들기까지 생은 종종 멈추어도 좋은 것이다

어머니

어쩐지 길을 잘못 걸어온 듯 느껴지는 날
겁먹은 어린아이의 눈길로 뒤돌아보면
저만큼 당신이 서 있을 것만 같습니다

어머니
아직도 손을 흔들고 계시겠지요

추석

연어처럼 돌아간다

어린 새끼들을 이끌고
오래 전 떠내려왔던 물살을 거슬러 올라가면
가을 햇살에 반짝이는 유년의 비늘들

빈 주머니면 어떠리
내일은 보름달이 뜨리니
가난한 마음에도 달빛은 한 가득

밤이 깊을수록
송편은 점점 커지고
아비 어미 연어 얼굴에는
기쁨이 사뭇 흘렀다

고마운 일

감사할 일이 있다는 건
얼마나 고마운 일인가

꽃다운 미소를 지어 주고
햇살 같은 말을 건네주고
나를 위해 자신의 손을
내밀어 주는 사람이 있다는 건
얼마나 고마운 일인가

그리하여 그와 함께
가난한 세상을 부자처럼 살아가는 일에
감사할 줄 아는 마음을 갖는다는 건
또 얼마나 고마운 일인가

사람아
너와 함께 이 세상을 살아가는 건
그 누군가에게 또 얼마나 고마운 일인가

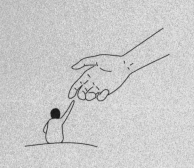

인생

자주
막막하고

이따금
먹먹해도

늘
묵묵하게

행복의 길

당신이 행복하게 살았으면 좋겠다고
말해 주는 사람이 있다면
당신은 인생을 잘 산 것입니다

당신이 행복하게 살았으면 좋겠다고
말해 주고 싶은 사람이 있다면
당신은 인생을 더욱 잘 산 것입니다

그리고 행복은 그 때 찾아옵니다
당신이 자신의 행복보다는
누군가 다른 사람의 행복을 위해 기도할 때

사랑의 기쁨이 바로 그러하듯이

봄 편지

그의 이름을 부르면
마음에 봄이 찾아오는 사람이 있어
그대여, 꽃을 부르듯
너의 이름을 가만히 불러 본다

사랑은 … 따듯하여라

사랑은 만 개의 얼굴로 온다

사랑은 만 개의 얼굴로 온다

아침에서 밤까지
하늘에서 바다까지
꽃에서 달까지
사랑은 만 개의 얼굴로 온다

그리하여 그대의 사랑이 꿈 같을 때
그리하여 그대의 사랑이 기적 같을 때
사랑은 다시 만 개의 심장으로 온다

터져라 심장이여!
죽음도 두렵지 않으니
사랑은 천만 개의 불꽃으로 온다

새봄

새봄에는
그늘진 마음 한켠에도 봄볕을 들여
조금은 더 따뜻하게 살 일이다

새봄에는
아지랑이 같은 꿈에라도 불길을 지펴
조금은 더 밝게 살 일이다

새봄에는
어린 꽃잎이 처음 낳은 새벽이슬처럼
조금은 더 맑게 살 일이다

사람은 봄의 씨앗
새봄에는 사랑과 희망을 꽃피우며
조금은 더 새사람처럼 살 일이다

입추

여름은 접어 두고
가을로 들어가는 날이라는데
1년에 하루쯤
입애(入愛)라는 날이 있어
모든 것 접어 두고
사랑으로 들어가 봤으면
뙤약볕 같은 상처일랑
그늘에 벗어 두고
아침부터 밤까지
알몸으로 바람의 무릎에 누워 봤으면
이윽고 늙은 저녁이
주름 많은 손으로
젊은 나무들의 지친 어깨를 어루만지는 시간이 찾아오면
나는 그대의 손을 잡고 들려주리

─사실은 말이요, 아주 먼 옛날, 사람들의 눈이 별처럼 빛나던 날에는
입추가 아니라 입애라고 불렀다오

9월의 기도

9월에는
떠나간 사람들이
발걸음을 돌려
다시 돌아오게 하소서

9월에는
떠나온 사람들에게
발걸음을 돌려
다시 돌아가게 하소서

이 세상을 살아가는 동안
다시 돌아올 사람도 없고
다시 돌아갈 사람도 없는
9월이 찾아오면
나를 당신에게로 돌아가게 하소서

그러나 당신은 사랑의 신
아직은 여름인 내 심장에 가을을 주어
다시 나를 돌아가게 하소서
나의 영혼이 나에게 돌아오고
내가 나의 영혼에게 돌아가는
9월의 첫날로

동백

한 봄날이어도
지는 놈은 어느새 지고
피는 놈은 이제사 피는데
질 때는 한결같이 모가지째 뚝 떨어져

−이래 봬도 내가 한때는 꽃이었노라

땅 위에 반듯이 누워 큰소리치며
사나흘쯤 더 뜨거운 숨을 몰아쉬다
붉은 글씨로 마지막 유언을 남긴다

−징하게 살다 가네

라면

딱딱하게 배배 꼬인 놈이
세상에서 가장 부드러운 면발로 변해
어느 가난한 입에 부러울 것 없는 미소를 짓게 만들기 위해서는
한 번은 반드시 펄펄 끓는 물에 들어갔다 나와야 한다

生이여, 알겠지?

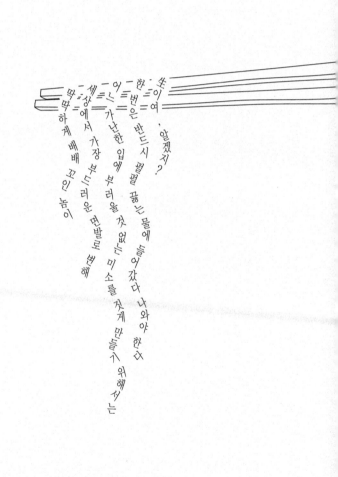

생이여, 알겠지?

한번은 반드시 펄펄 끓는 물에 들어갔다 나와야 한다

어느 가난한 입에 부러울 것 없는 미소를 짓게 만들기 위해서는

세상에서 가장 부드러운 면발로 변해

따뜻하게 배배 꼬인 놈이

살아가는 일이 어찌 꽃뿐이랴

봄이면 꽃으로 살고
여름이면 파도로 살고
가을이면 단풍으로 살고
겨울이면 흰 눈으로만 사는
생이 어디 있으랴

어떤 날은 낙화로 살고
어떤 날은 낙엽으로 살고
어떤 날은 얼음으로도 살아야 하는 것

그런들 서럽다 말아라
때로는 밀물로 살고
때로는 썰물로 살 수 있나니

새

하루에 하늘 한 번 바라볼
새도 없는 삶은
결코 살지 말아라

하루에 꽃향기 한 번 맡아볼
새도 없는 삶은
절대로 살지 말아라

오늘도 높은 나뭇가지에 앉아
더 높이 노래하는 내 영혼의 새

하루에 별 한 번 바라볼
새도 없는 빈 둥지는
정녕 되지 말아라

하루에하늘한번바라볼
때도없는삶은
결코살지말아라
하루에꽃향기한번맡아볼
때도없는삶은
절대로살지말아라
오늘도높은나뭇가지에앉아
높이노래하는내영혼의새
하루에별한번바라볼
때도없는빈둥지는
평녕되지말아라

비양도

비양도에 가서 알았다
생의 절반은 일몰이라는 것을
낮 세 시면 이미 뱃길이 끊어져
어쩔 줄 모르고 파도에 제 몸을 숨기는 섬
소주 한 병을 비울 시간이면
얼굴 가슴 손 발을 모두 어루만질 수 있고
소주 반 병을 비울 시간이면
어깨에 앉아 제주라는 섬을 바라볼 수 있는 곳
보다가 가장 작은 섬은 가장 큰 대륙
보노라면 가장 큰 대륙은 가장 작은 섬이었기에
생의 절반은 일출이라는 것을
비양도를 떠나며 뱃멀미처럼 나는 앓았다

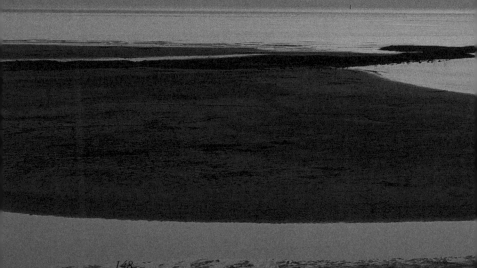

바다 31

세상을 털려다
바다까지 밀려왔는데
동전 한 푼 남김없이
바다에게 모두 털리고
조개껍데기처럼 누워 바다를 바라보면
아무것도 잃을 게 없는 생이
가장 많은 것을 가진 생이라는 것을
바다가 바다에서 바다처럼

바다 32

정암 해변에는 모래보다 돌이 많은데
한때 그들은 모두 사람이었다 한다

누군가를 바다의 깊이까지 사랑해 본 사람은
흙이 아니라 돌이 된다

나는 죽어서 정암 해변으로 가리라

떡국을 먹으며

먹기 위해 사는 게
인생은 아니라지만
먹고사는 일만큼
중요한 일 또 어디 있으랴
지난 한 해의 땀으로
오늘 한 그릇의 떡국이 마련되었고
오늘 한 그릇의 떡국은
새로운 한 해를
힘차게 달려갈 든든함이니
사랑하는 사람들이 둘러앉아
설날 떡국을 먹으면
희망처럼 뜨거운 김이
모락모락 피어나고
아물지 않은 상처마다
뽀얗게 새살이 돋아난다

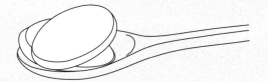

IV

자작을 좋아하다

봄은 어디서 오는가

아직은 살 만한 세상이라고
해마다 꽃들이 다시 핀다
젖은 마을을 햇살에 말리고
웃음꽃 한 송이 얼굴에 싱긋 피우면
사람아, 너는 봄의 고향이다

고구마

고구마가 잘 익었는지
젓가락으로 푹 푹 찔러 보는 것

슬픔이나 아픔 따위가
설마 그런 일은 아니겠지요?

하여간 큰 고구마일수록
오래 삶아야 한다는 것쯤은 알고 있습니다마는

국수

희고 동그랗고 부드러워
가난한 입맛에 착 착 달라붙고
붙잡는 사람 하나 없는 아리랑 고개처럼
쏙 쏙 목구멍을 넘어가면
초승달처럼 꺼졌던 배가 보름달처럼 부풀어 올라
주름진 얼굴에도 웃음꽃이 피어나는데
기실은 국수도 못 되어 국시로나 불리고
국시도 못 되어 국시꼬랭이로나 떨어져 나와
한 숟가락도 안 되는 수제비로 끝나려는지
솥뚜껑 위에서 구워져 아이들 군것질로 끝나려는지
삶이 잔치가 맞기는 맞는지
내 몸은 또 얼마나 희고 동그랗고 부드러운지
잔치국수 한 그릇을 먹으며 희멀건한 생각을 해 보는데
그래도 뜨끈뜨끈한 것이 들어가니 뱃속은 든든하였다
그러면 되았지 싶었다

희고 동그랗고 부드러워
가난한 입맛에 착 착 달라붙고
붙잡는 사람 하나 없는 아리랑 고개처럼
쏙 쏙 목구멍을 넘어가면

한 숟가락도 안 되는 수제비로 끝나려는지
솥뚜껑 위에서 구워져 아이들 군것질로 끝나려는지
삶이 잔치가 맞기는 맞는지
내 몸은 또 얼마나 희고 동그랗고 부드러운지

초승달처럼 꺼졌던 배가 보름달처럼 부풀어 올라
주름진 얼굴에도 웃음꽃이 피어나는데
기실은 국수도 못되어 국시로나 불리고
국시도 못되어 국시꼬랭이로나 떨어져 나와

잔치국수 한 그릇을 먹으며 희멀건한 생각을 해보는데
그래도 뜨끈뜨끈한 것이 들어가니 뱃속은 든든하였다
그러면 되았지 싶었다

소나무

겹겹이 터지고 갈라진
저 껍질 속에
오래 이 민족을 먹여 살린
누런 소 한 마리가 들어앉아
사시사철 푸른 쟁기질을 멈추지 않는데
누군가라도 알아주기를 바랄 때는
솔방울 툭 툭 발가에 떨어뜨리는 것이니
그런 날에는 가던 걸음 멈추고 다가가
굽은 등짝 한 번 슬며시 쓰다듬어 줄 일이다

원대리에 가시거든

원대리에 가시거든
푸른 잎과 흰 껍질만이 아니라
백 년의 고요를 보고 올 것
천 년의 침묵을 듣고 올 것
자작나무와 자작나무가
어떻게 한마디의 말도 주고받지 않고
만 년의 고독을 지켜 가는지
그대 원대리에 가시거든
사람의 껍질은 잠시 벗어 두고
이제 막 태어난 자작나무처럼
키 큰 자작나무 아래 앉아
푸른 하늘을 어린 눈빛으로 바라보다 돌아올 것

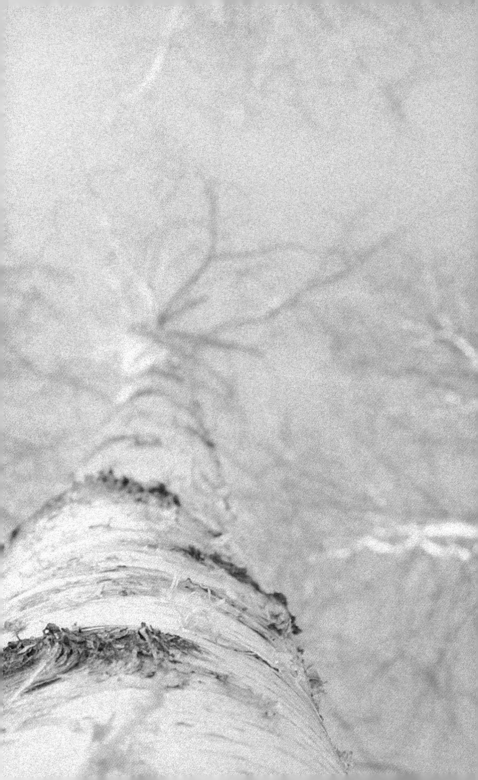

바닥

살아가는 동안
가장 밑바닥까지 떨어졌다 생각될 때
사람이 누워서 쉴 수 있는 곳은
천장이 아니라 바닥이라는 것을
잠시 쉬었다
다시 가라는 뜻이라는 것을
누군가의 바닥은
누군가의 천장일 수도 있다는 것을
인생이라는 것도
결국 바닥에 눕는 일로 끝난다는 것을
그래도 슬픔과 고통이
더 낮은 곳으로 흘러가지 않는다면
이제야말로 진짜 바닥이라는 것을

가을 남자

저기 가을 남자가 간다
긴 코트를 입지도 않고
목깃을 세우지도 않고
커피를 뽑아 들지도 않고
주머니에 손을 넣지도 않고
단풍에 눈길을 주지도 않고
낙엽을 밟지도 않고
저기 가을 남자가 간다
바람에 떨어지지 않으려
세상의 한켠을 움켜쥔 손등에
푸른 힘줄이 철로처럼 뻗어 있는
저기 한 남자의 가을이 간다

밥향

꽃향은 손에 퍼지고
술향은 입에 퍼지지만
밥향은 가슴에 퍼지네

꽃향은 눈을 적시고
술향은 입술을 적시지만
밥향은 마음을 적시네

꽃향기에 취해 한 시절
술향기에 취해 한 시절
밥향기에 취해 한 평생

꽃향은 사랑을 부르고
술향은 친구를 부르지만
밥향은 어머니를 부르네

꽃향은 아름다운 동화
술향은 먼 나라의 왕궁
밥향은 고향의 느티나무

꽃이여 너는 얼마나 아름다운가
술이여 너는 얼마나 뜨거운가
밥이여 너는 얼마나 눈물겨운가

다시 태어나거든 밥이나 되자
꽃도 말고 술도 말고
거짓 없는 아이 주린 배를 채워 줄
한 그릇 따뜻한 밥이나 되자

다시 태어나거든
밥이나 되자 꽃도 말고 술도 말고
거짓 없는 아이 주린 배를 채워줄
한 그릇 따뜻한 밥이나 되자

그냥 살라 하네

푸른 하늘 흰 구름이
그냥 살라 하네
기쁘면 웃음짓고
슬프면 눈물짓고
감당치 못할 큰 의미일랑 두지 말고
그냥 살라 하네

아침 바람 저녁노을이
그냥 살라 하네
사랑이 찾아오면 사랑하고
이별이 찾아오면 이별하고
가장 짧은 순간들을 소중히 여기며
그냥 살라 하네

비바람 눈보라가
그냥 살라 하네
젖으면 젖은 대로
추우면 추운 대로
이 또한 멋진 여행이라 생각하며
그냥 살라 하네

내 가슴 속 뛰는 심장이

그냥 살라 하네

따뜻이 손 마주 잡고

다정히 눈 바라보며

가진 것 없어도 부러움 없을 사람과

그냥 살라 하네

부부를 위한 기도

부끄럽게 하소서
내가 사랑했고
나를 사랑했던 사람에게
지지 않고 이기려 애쓰는 마음을

기쁘하게 하소서
내가 사랑했고
나를 사랑했던 사람의 뜻대로
인생의 크고 작은 일들이 결정되는 것을

용서하게 하소서
용서할 수 있는 것만이 아니라
용서할 수 없는 것까지
참사랑의 힘으로 용서하기를

사랑하게 하소서
지나간 추억이 아니라
살아 있는 고백으로
죽는 날까지 가슴 뛰며 사랑하기를

기도하게 하소서
내가 사랑하고
나를 사랑하는 사람을 위해
매일 아침 맑은 눈물로 기도하기를

12월의 기도

12월에는
맑은 호숫가에 앉아
물에 비친 얼굴을 바라보듯
지나온 한 해의 얼굴을 잔잔히 바라보게 하소서

12월에는
높은 산에 올라
자그마한 집들을 내려다보듯
세상의 일들을 욕심 없이 바라보게 하소서

12월에는
넓은 바닷가에 서서
수평선 너머로 떠나가는 배를 바라보듯
사랑과 그리움으로 사람들을 바라보게 하소서

12월에는
우주 저 멀리서
지구라는 푸른 별을 바라보듯
내 영혼을 고요히 침묵 속에서 바라보게 하소서

그리고 또 바라보게 하소서
칠흑 같은 어둠 속에서 홀로 타오르는 촛불을 바라보듯
내가 애써 살아온 날들을 뜨겁게 바라보게 하소서

그리하여 불꽃처럼 살아가야 할 수많은 날들을
눈부시게 눈부시게 바라보게 하소서

커피

꽃도 아닌 것이
향기롭게 만들고

술도 아닌 것이
취하게 만든다

사랑도 아닌 것이
그립게 만들고

인생도 아닌 것이
뜨겁게 만든다

이 깊고 은밀하고 진중한 것을
무엇이라 부르랴

분명코 커피만은 아니리니

밥만 먹자고 이 세상까지 왔겠는가

밥만 먹자고 이 세상까지 왔겠는가
술도 한두 잔 마시고
커피도 몇 잔쯤 마셔야지

일만 하자고 이 세상까지 왔겠는가
산책도 하루 이틀 다니고
사랑도 몇 날은 해 봐야지

이 말만 하자고 이 세상까지 왔겠는가
꽃도 한두 송이 피우고
별도 몇 개쯤 닦아 줘야지

삶이 내게 뜨거운 커피 한 잔 내놓으라 한다

삶이 내게
뜨거운 커피 한 잔 내놓으라 한다

삶이 내게
시원한 커피 한 잔 내놓으라 한다

어느 날은 저 혼자 뜨겁게 달아오르다
어느 날은 저 혼자 차갑게 식어 버리며
그 검은 수심의 깊이를 알 길이 없는

삶이 내게
오래도록 사라지지 않을
향 깊은 커피 한 잔 내놓으라 한다

푸른별 카페

지구라는 카페에 들러
인생이라는 커피 한 잔을 마시고
우리는 떠나간다
늦게 도착한 사람이
먼저 떠나기도 하고
반 잔을 마시기도 전에
혼자 떠나기도 하면서
맛있다 맛없다, 비싸다 싸다 말하지만
다음 별에 가면 알게 되리니
우주에서 가장 커피가 맛있는 카페는
푸른별이라는 걸
그곳에서는 우연히 만난 손님끼리도
자리를 함께 하며 서로를 사랑하느니

자작을 좋아하다

혼자 짓거나
혼자 만든다는 건
얼마나 아름다운 일인가
또한 얼마나 눈물겨운 일인가

자작나무가
자기 스스로 껍질을 희게 만들고
자기 스스로 나뭇잎을 푸르게 만들고
자기 스스로 겨울이면 옷을 벗는 일을 보라

이렇듯 세상의 모든 것들이
자작자작 뜨겁게
스스로 삶을 지으며 살아가느니

우리가 술 한 잔을 자작하려거든
자작나무의 흰 껍질과 푸른 잎을 기억하며
어느 날이고 눈보라 치는 겨울이 오면
알몸으로도 묵묵히 이겨 내는 생을
스스로 만들어야 한다

캬

저녁 어스름이 내려앉는 시간
소주 한 잔을 빈속에 들이켜면
100억 광년 우주 너머
칠흑 같은 어둠 속에서 빛의 속도로 날아와
입 밖으로 뛰쳐나오는 원시의 언어

그래도 세상은 살 만하다고
밤하늘 별은 아직 때 묻지 않았다고
내일은 내일의 해가 뜬다고
아니, 설사 그렇지 않을지라도 그냥 모두 씻어 버리라고

세상에서 가장 짧은 연설
세상에서 가장 뜨거운 포옹
세상에서 가장 눈물겨운 감탄사

V

별빛을 개어

어느 날 길 위에 멈춰 서서

어느 날 길 위에 멈춰 서서
이미 지나온 길을 바라볼 때
가슴에 꽃 한 송이 피어나기를

어느 날 길 위에 멈춰 서서
아직 걸어가야 할 길을 바라볼 때
가슴에 태양 하나 떠오르기를

그러나 그 어느 날도 아닌
바로 오늘 길 위에 멈춰 서서
먼 길을 걸어가는 사람들을 바라볼 때
가슴에 사랑 가득 샘처럼 솟아오르기를

함께 손잡고 그 길을 걸어가기를

동행

손을 잡고 함께 걸어갈
사람이 있다는 건
얼마나 따뜻한 일인가

팔짱을 끼고 함께 걸어갈
사람이 있다는 건
얼마나 가슴 뛰는 일인가

바람은 불고
꽃은 지고
지구는 빠르게 도는데

어깨동무를 하고 함께 걸어갈
사람이 있다는 건
얼마나 든든한 일인가

고마웠노라 행복했노라
이 세상의 일 마치고 떠나는 날
작별의 인사 뜨겁게 나눌 사람 있다면
그의 인생은 또 얼마나 눈부신 동행인가

용서 하나 갚겠습니다

생이 어느 날
사람에게 받은 상처를
용서하기 힘들 때

아버지
당신에게 받은 용서 하나 갚겠습니다

어머니
당신에게 받은 용서 하나 갚겠습니다

친구여
그대에게 받은 용서 하나 갚겠습니다

생의 어느 날
사람에게 받은 상처를
용서하기 힘들어 잠 못 이룰 때

신이여
당신에게 받은 용서 하나 갚겠습니다

새해

소나무는 나이테가 있어
더 굵게 자라고
대나무는 마디가 있어
더 높게 자라고
사람은 새해가 있어
더 곧게 자라는 것

꿈은 소나무처럼
푸르게 뻗고
욕심은 대나무처럼
가볍게 비우며
새해에는 한 그루
아름드리나무가 되라는 것

5월의 말씀

부모에게 더 바라지 말 것
낳아 준 것만으로도
그 은혜 갚을 길 없으니

자식에게 더 바라지 말 것
태어나 준 것만으로도
그 기쁨 돌려줄 길 없으니

남편과 아내에게 더 바라지 말 것
생의 동행이 되어 준 것만으로도
그 사랑 보답할 길 없으니

해마다 5월이면
신록 사이로 들려오는 말씀
새잎처럼 살아라 새잎처럼 푸르게 살아라

자신에게 더 바랄 것
지금까지 받은 것만으로도
삶에 감사하며 살겠노라고

소나무를 생각한다

사는 게 힘에 부친다
싶은 날엔
바위를 뚫고 자라는
소나무를 생각한다

그 뿌리가 겪었을
절망과 좌절을 생각한다

거대한 벽 앞에 부딪쳐
털썩 주저앉고 싶었으나
끝끝내 밀고 나갔던
그의 외로움과 두려움을 생각한다

그만큼은 아니지
그만큼도 아니면서, 생각한다

꽃화분 등에 지고

삶이 짐짝 같은 거라고는
짐작도 못 했는데
그 짐짝 속에서도
어여쁜 꽃 피어난다는 걸
진작에 알았더라면
짐짝 조금 무겁다기로
징징 투덜대지는 않았으리
꽃 화분 등에 지고
꽃 바구니 어깨에 이고
가자 생이여
가난한 세상에 꽃 나르러

나보다 더 푸른 나를 생각합니다

나보다 더 힘든 사람을 생각합니다
나보다 더 가난하고
나보다 더 병들고
나보다 더 고독한 사람을 생각합니다

나보다 더 애쓰는 사람을 생각합니다
나보다 더 힘을 내고
나보다 더 밝게 웃고
나보다 더 눈물을 참는 사람을 생각합니다

나보다 더 힘껏 살아가고
나보다 더 삶을 사랑하고
나보다 더 푸른 나를 생각합니다

순댓국

마음을 비우기 어려워
술잔을 비우는 저녁
채워도 채워도 채워지지 않는 생도
순댓국 한 그릇에
소주 한 병이면 가득이더라
순댓국에 담겨 있는
순대 같은 사랑이나 해 보았으면
뜨끈한 순댓국물
너의 입에 사분사분 떠먹여 주었으면
기껏 생각이나 하였을 뿐인데
순대가 목에 걸려 나는 울었다
순하게 살자, 독한 목숨아

연리지 부부

이런 나무 두 그루 만나
부부라는 이름으로 살아왔다

뿌리 얽히고 가지 부딪쳐
얼굴 붉힌 날 많았지만

꽃피는 날은 함께 웃고
꽃지는 날은 함께 눈물 흘렸다

비 오는 날은 함께 젖고
비 그친 날은 함께 별을 바라보았다

푸르던 세월 꿈처럼 지나고
무성하던 잎 떨어지니 알겠노라

그대와 나
연리지 되어 있음을

부부란 살아가는 동안
연리지 하나 만드는 일이었음을

고드름

거꾸로 매달려 키우는 저 것이
꿈이건 사랑이건
한 번은 땅에
닿아 보겠다는 뜨거운 몸짓인데

물도 뜻을 품으면
날이 선다는 것
때로는 추락이
비상이라는 것
누군가의 땅이
누군가에게는 하늘이라는 것

겨울에 태어나야
눈부신 생명도 있다는 것
거꾸로 피어나는 저 것이
겨울꽃이라는 것

해바라기

우리가 생의 어느 날에
몹시 비에 젖는다 해도
가슴에 해바라기 한 송이
노랗게 피우며 살 일이다

비 오는 날에도
힘껏 허공을 밀고 올라가는
해바라기의 꽃대를 기억하며
바람 부는 날에도
고개를 떨구지 않는
해바라기의 얼굴을 기억하며

우리가 생의 어느 날에
몹시 바람에 흔들린다 해도
가슴에 해바라기 한 송이
하늘 높이 피워 두고 살 일이다

고맙다

아느냐 알고 있느냐
푸른 하늘이 내게 묻는다면
모른다 정녕 모른다 대답하리

그러냐 그런 것이냐
높은 산이 내게 묻는다면
아니다 정녕 아니다 대답하리

무엇으로 와
무엇을 찾으려
그대 이 작고 아름답고
쓸쓸한 별에 머물다 가는가
저녁 들녘의 꽃 한 송이가 내게 묻는다면
고맙다 정녕 고맙다 입맞추고 떠나리

별빛을 개어

빨래를 개어
옷장에 넣어 두듯

마음을 개어
고요한 곳에 모셔 두었다가

어둠을 만나면 어둠을 개고
슬픔을 만나면 슬픔을 갤 일이다

사람아
생의 겨울이 와도
눈보라쯤은 거뜬히 이길 수 있도록

아침이면 햇살을 개고
밤이면 별빛을 개어
우리 가슴 한켠에 따듯이 모셔 둘 일이다

그대 가슴에 별 몇 개

꽃이 향기로운 건
밤마다 별을 바라보기 때문이지

나무가 하늘로 가지를 뻗는 건
별들의 이야기를 귀 기울여 듣고 싶어서지

비가 내리는 건
별들의 얼굴을 맑게 씻어 주기 위해서지

새들이 하늘을 날아오르는 건
별들이 마실 물을 실어 나르기 위해서지

사람아, 내가 이런 시를 쓰는 건
그대 가슴에 별 몇 개 빛나게 하기 위해서지

별에 당첨되다

목구멍에 풀칠하는 일을
염려하다가
자동차에 모셔 두곤 까맣게 잊어버린
지지난 주 로또가 머릿속에 떠올라
열두 시도 넘은 밤
아파트 주차장에 내려왔는데
무심코 바라본 하늘엔
로또 상금보다 많은
별들이 떠 있었다

마음이 깊이 생각하기를
별이 로또로구나
꽃이 햇살이 바람이 노을이
로또로구나

이 엄동설한의 겨울밤에
저 먼 우주의 별을 바라보게 해준
나의 목구멍 풀칠에 대한 염려가
바로 로또로구나

아무래도 꿈 같기는 하여
당첨액이 얼마나 되는지
새벽까지 몇 번이고 별을 세어 보았다

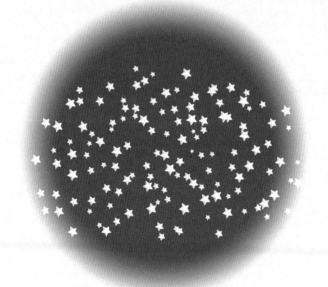

양광모 대표시 101: 가슴 뭉클하게 살아야 한다

초판 1쇄 발행 2022년 6월 15일
초판 3쇄 발행 2023년 12월 11일

지은이 양광모
펴낸이 김선기
펴낸곳 (주)푸른길
출판등록 1996년 4월 12일 제16-1292호
주소 (08377) 서울시 구로구 디지털로 33길 48 대륭포스트타워 7차 1008호
전화 02-523-2907, 6942-9570~2
팩스 02-523-2951
이메일 purungilbook@naver.com
홈페이지 www.purungil.co.kr

ISBN 978-89-6291-963-9 03810